für

Jessica
& Axel

Dieses Buch ist
auf Papier aus
nachhaltiger
Forstwirtschaft
gedruckt.

5 4 3 2 1 29 28 27 26 25

ISBN 978-3-649-64981-6

© 2025 für die deutschsprachige Ausgabe
Coppenrath Verlag GmbH & Co. KG, Hafenweg 30, 48155 Münster
Alle Rechte vorbehalten, auch auszugsweise. Die Nutzung des Werkes
für das Text- und Data-Mining nach § 44b UrhG ist durch den Verlag
ausdrücklich vorbehalten und daher verboten.

First published in English in Great Britain by HarperCollins Children's Books,
a division of HarperCollinsPublishers Ltd., under the title:
THE CAFÉ AT THE EDGE OF THE WOODS
Text and illustrations Copyright © Mikey Please 2024
Translation © Kai Lüftner translated under licence from HarperCollins Publishers Ltd.
Mikey Please asserts the moral right to be identified as the author of this work.

Originalcopyright © 2024 by Mikey Please
Originalverlag: HarperCollins Publishers Ltd.
Originaltitel: The Café at the Edge of the Woods
Aus dem Englischen von Kai Lüftner
Text und Illustration: Mikey Please
Lektorat: Jutta Knollmann
Satz: Helene Hillebrand
Printed in Malaysia

www.coppenrath.de

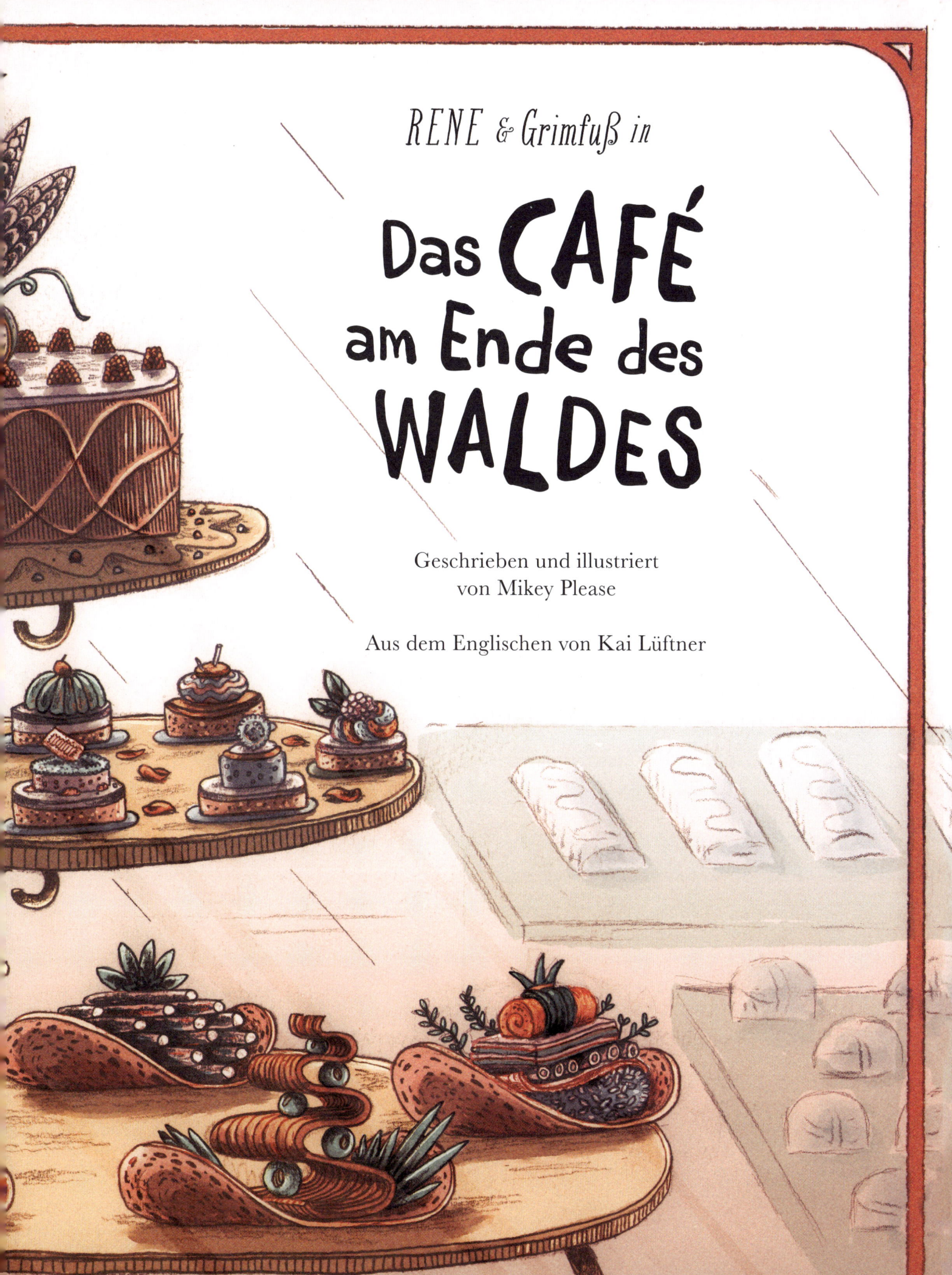

RENE & Grimfuß in

Das CAFÉ
am Ende des
WALDES

Geschrieben und illustriert
von Mikey Please

Aus dem Englischen von Kai Lüftner

Rene war bereit, sehr viel zu versuchen

für ein Café mit leckerem Kuchen.

Sie sparte
und sparte
für den Traum
vom Glück

und baute ein Häuschen,
Stück für Stück …

Das Café
am Ende
des Waldes

Nur ein Bewerber meldete sich.

„Okay", seufzte Rene. „Du bist es dann sicherlich."

Der Name des Kellners
war Grimfuß.

Eine Glocke hing über dem Rahmen,
sie sollte läuten, wenn Kunden kamen.

So warteten und warteten sie –
doch die Glocke, die erklang nie.

„Vielleicht ist
dieser Platz verkehrt?
Hätt ich das doch nur
vorher geklärt!

Ein Geschäftsplan?
Daran hab ich nicht gedacht.
Nun verliere ich alles,
was mich glücklich macht."

Grimfuß ging raus
zum Spazieren.

Er kehrte zurück, Rene glaubte es kaum.
Ihm folgte ein Kerl, so groß wie ein Baum!
„Ein Kunde", krächzte Grimfuß.

Rene starrte baff auf das, was sie sah …

Knöchel schleiften über die Dielen, ganz nah.

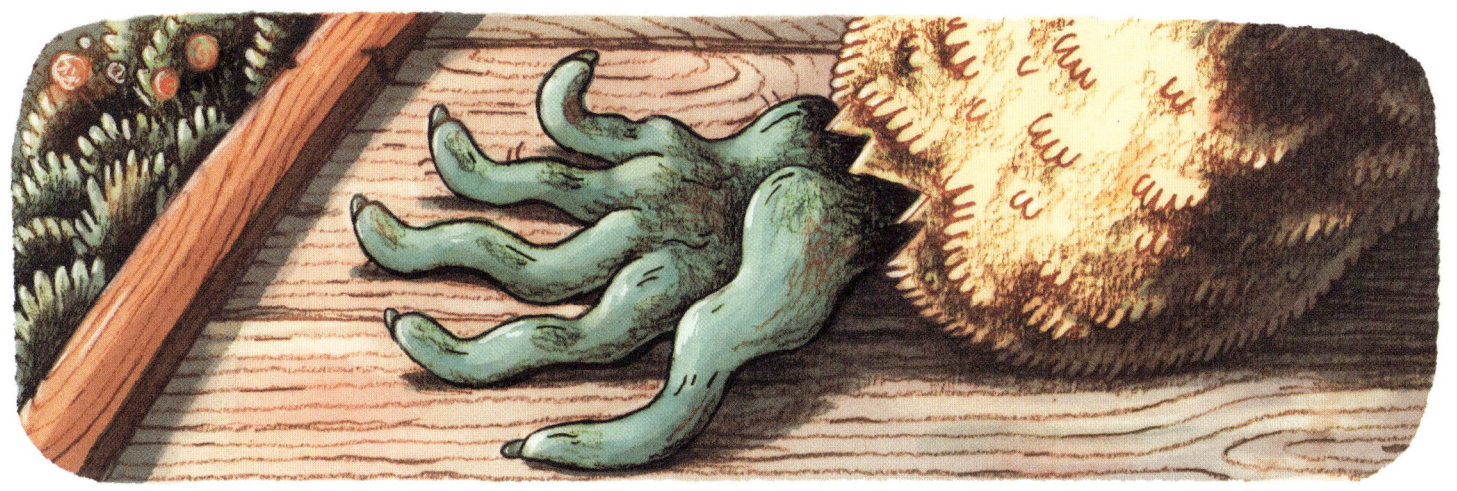

Stoßzähne ragten aus dem Kiefer heraus.

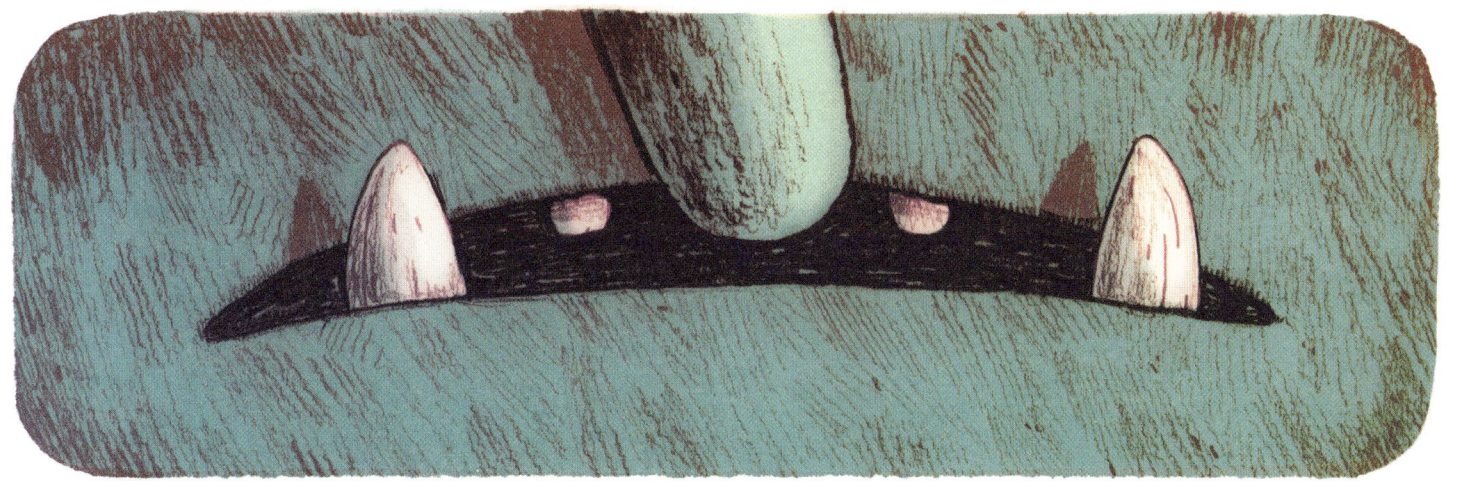

Der Kunde war …

... ein Oger, oh Graus!

„Ah ...

Ah ...

Ah ...

Äh-hem!"

„Das heutige Spezial, die Empfehlung vom Haus:
Garnierter Stichling mit Safran und Schmaus."

Der Oger brummte: „Nee, das lass ich aus.
Ich will eingelegte Fledermaus."

„Eingelegte was?",
fragte Rene.

„Der Trüffeleintopf
ist gut und heiß,
dazu frische Erbsen
und Langkornreis."

„Fledermäuse will ich! Mit Schnecken und Mäusen!"

„Schnecken und Mäusen?"
Rene schnappte nach Luft.

„Vielleicht doch besser Käsetarte
mit Artischocken, fein gegart?"

„Eine Tüte voll Fledermäuse! Die nach Furz stinken!"

„Die WAS?", kreischte Rene.

„Es reicht! Genug! Was auch passiert –
so etwas wird hier nicht serviert!"

Rene stürmte verärgert davon.
„Einen Moment, mein Herr", sagte Grimfuß.

„Ich wusste, das war ein blöder Plan,
pack alles ein, den ganzen Kram.
Grimfuß, hol schnell den Umzugswagen."
Doch der Kellner hatte ihr etwas zu sagen …

„Der Oger hat
sein Herz bewegt
und noch mal
richtig überlegt.
Also hätte er
zum Start
sehr gerne deine
Käsetarte.
Und alle andren
Sachen auch,
denn er hat echt
viel Platz im Bauch."

Rene hielt die Hand
an ihre Brust,
ihr Herz schlug schnell,
voll Tatenlust.
„Nur das Beste gibt's
für unsren Gast!
Schnapp dir die Pfanne,
wenn's dir passt!"

Das Messer geschwungen, Fisch frittiert,
Gebäck gepufft, Pilze sautiert.
Jedes Gericht wurde fein präsentiert,
bevor Grimfuß es serviert.

Doch kaum hatte Rene sich umgedreht,
mixte Grimfuß das Essen heimlich – seht!

Und als er vor dem Oger stand,
gab's neue Speisen – allerhand!

Die Tarte gedreht,
die sah nun aus

wie eingelegte
Fledermaus.

Der Safranwirbel-
Stichling-Mix

mutierte zu
Buttermäusen fix.

Der Trüffeleintopf wurd,
geheim,

zu feinstem Sud
mit Schneckenschleim.

Ja, Grimfuß hatte
es geschafft:

Maden-Fondue!
(So ekelhaft!)

Rene sah bang zu,
wie Grimfuß servierte
und dem Oger
sein Riesenmenü präsentierte.
Wird das funktionieren?
Wird er es probieren?

Der Oger schaute misstrauisch.

Dann brüllte er laut und fraß, immer schneller,
alles und von jedem Teller.
Im Nu hatte der Oger es geschafft.
Er rülpste und lächelte: „Fabelhaft!"
Rene war erleichtert.

Sie stürmte aus der Küche her:
„Es hat geschmeckt? Willst du noch mehr?"

„Ich nähme wohl noch was von dem Kram.
Deine Maden waren lecker!"

„Maden?! Grimfuß, was hast du getan?"
Voll Wut trat Rene an den Kellner heran.
Von Pfirsich zu Pflaume lief ihre Haut dunkel an.
Der Oger unterbrach sie.

„Ich wusste nicht,
dass Schnecke so fein
und dabei so knusprig
zugleich Kann sein!
Eine Note der salzigen
See schmeck ich rein!"

Renes Mund
stand offen.

„Und Fledermaus, so dachte ich,
die schmeckt nach Müll – doch tut sie's nich!"
„Das war die Miso-Paste, glaube ich",
sagte Rene, aufrechter stehend.

„Dank dir hab ich
gut zugenommen
und werde schon bald
wiederkommen.

Hab Freunde
und Familie hier
und allen würde es
gefallen bei dir."

Knöchel schleiften zur Tür hinaus,
die Stoßzähne blitzten beim Lächeln heraus.

Und auf dem Tisch sah Rene …
einen Berg aus Gold.

„Ein Dussel war ich, Grimfuß, ohne Mut.
Doch du wusstest immer, es wird gut!

Von jetzt an koch ich
und du schreibst das Menü!"

Und von diesem Tag an,
glaube, wer's will,
stand die Glocke über der Tür
nicht mehr still.
Fremdartige Wesen kamen heran,
von denen man nur in Legenden
lesen kann …

Sie kamen für

ein Frühstück.

Rene kochte
so wunderbar

und Grimfuß' Menü
ließ sie schaudern –
hurra!

Nessel-
Salat

Frittierte
Köttel

Wurm in
Matsch

ein Frühstück.

Rene kochte
so wunderbar

und Grimfuß' Menü
ließ sie schaudern –
hurra!

Sie waren das perfekte Paar
für …